© 2004, Ediciones Santillana S.A.
Beazley 3860 (1437) Buenos Aires

© De esta edición:
2004, Santillana USA Publishing Company, Inc.
2105 NW 86th Avenue
Miami, FL 33122, USA
www.santillanausa.com

Altea es un sello editorial del **Grupo Santillana**. Éstas son sus sedes:

ARGENTINA, BOLIVIA, CHILE, COLOMBIA, COSTA RICA,
ECUADOR, EL SALVADOR, ESPAÑA, ESTADOS UNIDOS,
GUATEMALA, MÉXICO, PANAMÁ, PARAGUAY, PERÚ, PUERTO RICO,
REPÚBLICA DOMINICANA, URUGUAY Y VENEZUELA.

ISBN: 1-59437-566-6

Impreso en Colombia por D'vinni

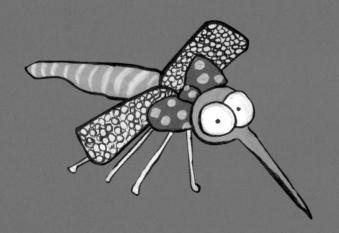

EL BAÚL DE
MIS AMIGOS

Un libro sobre el tiempo y las estaciones

COLECCIÓN
EL BAÚL

¿VISTE AL PERRITO OREJUDO?
EN INVIERNO ESTÁ HECHO UN NUDO.

POR LA TARDE BUSCA EL SOL
CON SU AMIGO EL CARACOL.

LO LLEVA A PASEAR EN COCHE
LA IGUANA RITA, DE NOCHE.

¿QUÉ TE GUSTA HACER ANTES DE IR A DORMIR?

YO LOS INVITO A UNA CENA
EN LA CASA DE MI ABUELA.

LES DOY SOPA, CANELONES
Y DESPUÉS LES DOY BOMBONES.

¡Disfruta todos los libros de la colección EL BAÚL!
mientras aprendes importantes conceptos

EL BAÚL DE
MIS FIESTAS
Un libro sobre los colores

COLECCIÓN
EL BAÚL

Santillana

EL BAÚL DE
MIS AMIGOS
Un libro sobre el tiempo y las estaciones

COLECCIÓN
EL BAÚL

EL BAÚL DE
LOS OFICIOS
Un libro sobre las vocales

COLECCIÓN
EL BAÚL

Santillana

EL BAÚL DE MIS JUGUETES
Un libro sobre figuras y cuerpos

EL BAÚL DE LOS ANIMALES
sobre los opuestos

EL BAÚL DE MI MUNDO
Un libro sobre los tamaños

EL BAÚL DE LOS TRANSPORTES
Un libro sobre los números

EL BAÚL DE MIS PASEOS
Un libro sobre nociones espaciales

COLECCIÓN
EL BAÚL

Altea
Santillana

COLECCIÓN
EL BAÚL

Altea

Santillana

© 2004, Santillana USA Publishing Company, Inc.
2105 NW 86th Avenue
Miami, FL 33122, USA
www.santillanausa.com
Impreso en D'vinni
Santafé de Bogotá, Colombia